INVENTAIRE
Ye 37361

A

CHATEAUBRIAND,

SUR

Le Génie poétique

DE SES OUVRAGES.

Par Edouard Alletz.

Paris,

CHEZ ACHILLE DÉSAUGES, LIBRAIRE,

RUE JACOB, N. 5.

1826.

A

CHATEAUBRIAND,

SUR

LE GÉNIE POÉTIQUE DE SES OUVRAGES.

PARIS, IMPRIMERIE DE GUIRAUDET,

37361

PARIS, IMPRIMERIE DE DECOURCHANT,
Rue d'Erfurth, n. 1, près l'Abbaye.

A Chateaubriand,

SUR

LE GÉNIE POÉTIQUE

DE SES OUVRAGES,

Par Edouard Alletz.

A PARIS,

CHEZ ACHILLE DÉSAUGES, LIBRAIRE,

RUE JACOB, N° 5.

1826

AVERTISSEMENT.

Cᴇᴛᴛᴇ Épître, composée en 1820, s'adresse à l'homme de génie, et non à l'homme d'État. M. le vicomte de Châteaubriand n'avait alors d'autre dignité que celle qu'il tirait de lui-même ; et cette pièce de vers paraît maintenant à l'époque où il est retombé dans une seconde disgrâce.

La mise sous presse des OEuvres complètes

de l'illustre auteur du *Génie du Christianisme,*
a paru offrir une circonstance favorable pour la
publication de cette Épître.

A CHATEAUBRIAND,

SUR

Le Génie poétique de ses Ouvrages.

Honneur de notre siècle, éblouissant génie,
Qui marches souverain des fils de l'harmonie,
Noble et dernier soutien de l'empire des arts,
Tu commandes encore à ses restes épars ;
Seul, tu sembles debout au milieu des ruines,
Et ce vaste désert, qu'à nos yeux tu domines,
Semé des vains débris d'un siècle renversé,
Garde en toi l'héritier des grandeurs du passé !

Ainsi, quand l'ombre au jour vient disputer le monde,
Glisse au sein des forêts, brunit le cours de l'onde,
Et, suspendant son voile aux bords de l'horizon,
Des perles de la nuit sème le frais vallon,
Un chêne seul retient le soleil dans sa fuite,
Et, recevant l'adieu de l'astre qui nous quitte,
Tandis qu'à ses pieds l'ombre a commencé son tour,
Couronne encor son front des restes d'un beau jour.

Il m'en souvient : à peine entré dans la carrière,
Seul, déjà, tu semblais la remplir tout entière.
Ton front sublime et fier, ton regard inspiré,
Ton essor au travers d'un chemin ignoré,
De loin nous présageaient ta puissance nouvelle :
Le génie est un dieu que son port seul révèle.

Ainsi marchait jadis cet immortel Génois
Qui vit un monde éclore aux accens de sa voix.
Un jour, impatient de l'obscure limite
Où meurent les destins du monde qu'il habite,
L'œil tourné vers les flots, interrogeant les mers,
Colomb rêve en secret un nouvel univers;
Tout-à-coup, tressaillant d'une sublime joie,
« Partons, dit-il, partons ! » La voile se déploie,

Il vogue, et, couronné dans ses hardis efforts,
Déjà d'un autre monde il a touché les bords.
Sur un sol vierge encore, ainsi marquant leur trace,
Tes pas, brillans de gloire, ont absous ton audace.
Pour vaincre, il faut oser : que d'esprits trop craintifs
Ont vu pâlir l'éclat de leurs noms fugitifs !
De leur génie étroit les œuvres passagères
Ont subi le destin de ces feuilles légères
Qui portaient d'Apollon les oracles mouvans,
Et leur gloire loin d'eux s'envole au gré des vents.

Sous combien de soleils ton infortune errante
Promena le regret de la patrie absente ;
Et combien d'océans, témoins de tes douleurs,
Sur leur plage lointaine ont vu couler tes pleurs !

De ta lyre exilée, ô sublime harmonie !
Quand des lois de Sion tu chantas le génie,
Ton âme soupirait l'hymne mélodieux
Sur un luth animé par le souffle des cieux.
Tels, chantant Jéhovah sur un nouveau rivage,
Ces mortels dont ta lyre illustra le courage,
Ces pieux conquérans d'un sauvage univers,
Subjuguaient l'Amérique au bruit de leurs concerts.

Ces apôtres du Christ, ces fils de l'Évangile,
Des fleuves étonnés fendaient le cours docile;
Le signe de la foi brillait entre leurs mains;
Le flot retentissait de leurs hymnes divins,
Et l'onde harmonieuse aux échos de la rive
Portait les doux accens de leur voix fugitive.
L'Indien étonné sort de l'ombre des bois;
Un arc en main, le bras levé vers son carquois,
Il regarde, il écoute, et son âme domptée
S'amollit aux concerts de la barque enchantée.
Prosterné, l'œil en pleurs et les bras étendus,
Il dévore les sons dans les airs répandus,
Et, dépouillant l'orgueil d'un ombrageux courage,
Devant un Dieu nouveau courbe son front sauvage.

De ses flots sans honneur roulant l'obscur destin,
Le vieux Meschacebé, le Nil américain,
Dont le cours expirait sans nom et sans mémoire,
Semblait, en gémissant, te demander la gloire.
Ses vagues, devant toi déposant leur courroux,
Tristement apportaient leur plainte à tes genoux.
Soudain le pinceau brille en ta main éperdue;
Dominant la montagne, et promenant ta vue

Sur ces champs ignorés que trahit l'œil du jour,
Vers la plaine et les cieux l'œil fixé tour à tour,
L'Amérique à tes pieds, son soleil sur ta tête ;
Sublime, insouciant des feux de la tempête,
La chevelure aux vents et l'œil brillant d'éclairs,
Grand peintre, tu créas un nouvel univers.

Mais l'Esprit du désert, qu'adorent ces contrées,
Des bois fuyait pour toi les ombres révérées ;
Et souvent, tel qu'une ombre, avant l'astre du soir,
Sur l'herbe du coteau près de toi vint s'asseoir.
Ce dieu t'enveloppait d'une faveur secrète ;
Lui-même il étendait sur ta riche palette
De l'arc aérien les brillantes couleurs,
Et des regards du jour t'épargnant les ardeurs,
Tandis qu'un ciel de pourpre embrasait les collines,
Te voilait tout entier sous ses ailes divines.

Que de fois, caressé par un songe trompeur,
Aux bords que tu peignis je me crus voyageur !
Emu de tes transports, consumé de ta flamme,
Je croyais dans mon sein sentir passer ton âme.

Assis au bord des flots, seul avec l'Eternel,
Je goûtais du désert le charme solennel.
Je voyais du grand bois flotter les vertes cimes;
A mes pieds s'entr'ouvrait le vide des abîmes;
Près du Niagara ta voix guida mes pas;
Rêveur, et sur mon sein entrelaçant mes bras,
Je méditais au bruit de ce fleuve rapide
Qui des voûtes du ciel tombe en colonne humide,
Et qui de loin offrait à mon œil éperdu
L'océan tout entier dans les airs suspendu.

Sous la brise embaumée, avec un doux murmure,
Une haute savane, océan de verdure,
En vagues d'émeraude ondoyant à mes yeux,
Semble au loin balancer son ombre au bord des cieux.
Du beau magnolia le diadême étale
De ses globes d'argent la splendeur triomphale,
Et près du lac limpide, où tremble un ciel vermeil,
Se colore à demi sous les feux du soleil.
Les zéphirs, se jouant dans l'arbre qui frissonne,
Dispersent les débris de sa blanche couronne;
Les fleurs tombent en pluie au bord du flot charmé;
Son cristal disparaît sous un voile embaumé

Qui forme, aux doux rayons de la clarté mourante,
Une île de parfums sur l'onde vacillante.

Près de la grotte où pleure un Natchez désolé,
De la triste Atala le fantôme voilé,
Se glissant au travers des ombres du rivage,
Court-mêler ses soupirs aux plaintes du feuillage.
Aux reflets argentés du blanc soleil des nuits,
Je vois sur son front pâle et consumé d'ennuis
La fleur qui, des amours trompant l'espoir fidèle,
Ne l'embellit qu'un soir et mourut avec elle.
L'or de ses blonds cheveux retombe sur son sein;
L'œil fixe, l'ombre avance, et dans sa jeune main
Brille encore à mes yeux la coupe empoisonnée
Qui glaça de son sang l'ardeur infortunée.
Le doux fantôme passe en appelant tout bas
Chactas! l'écho des bois redit Chactas! Chactas!
Et sa voix s'affaiblit et mollement expire,
Comme le bruit plaintif d'un zéphir qui soupire.

Mais l'amour de Chactas, à gémir condamné,
Cède encor dans mon âme aux malheurs de Réné.
Hélas! qui n'éprouva cette langueur secrète,
Ce travail éternel d'une humeur inquiète,

Ce triste isolement, ce vide et cet effroi
De n'être sur la terre entendu que de soi!

Enfant, j'aimais déjà l'ombre et la solitude;
Et tandis que des jeux faisant leur douce étude,
Mes bruyans compagnons, au plaisir animés,
Tout colorés de joie et les yeux enflammés,
Bondissaient, en chantant, sur la verte prairie,
Moi, souvent à l'écart traînant ma rêverie,
Je m'asseyais au bord du champêtre ruisseau,
Et suivais tristement les erreurs de son eau.
J'observais dans son vol l'hirondelle légère
Qui, près de s'exiler sur la rive étrangère,
Pour la dernière fois, sous l'ombrage écarté,
Planait dans la fraîcheur du cristal argenté.

Dans la forêt, souvent, dédaigneux de la terre,
D'un arbre j'atteignais la voûte solitaire,
Et cachant dans ses bras ma fuite à tous les yeux,
Pour isoler mon cœur, je m'approchais des cieux.
Disputant aux oiseaux leur asile sauvage,
Dans les airs je goûtais, sous leur toit de feuillage,
Le calme doux et frais d'un refuge embaumé.
La feuille humide encor mouillait mon front charmé;

De l'arbre autour de moi les richesses mouvantes
Suspendaient les parfums de leurs tiges flottantes ;
Du ciel entre les fleurs au loin riait l'azur ;
Et sous l'ombre odorante, un chant suave et pur
Du rossignol plaintif soupirant la tendresse,
Répondait à mon âme et berçait ma tristesse.

Quelquefois je voyais le nuage enflammé
Rouler plein d'un orage en ses flancs renfermé.
Voisin de la tempête, assis près du tonnerre,
Des élémens rivaux je contemplais la guerre.
A mes pieds, dans les airs, roulée en tourbillon,
La poudre me cachait les aspects du vallon.
Seul et le front couvert des débris du feuillage,
Eloigné de la terre et battu par l'orage,
Entouré d'aquilons, de foudres et d'éclairs,
Je flottais suspendu dans l'océan des airs.

D'un plaisir solitaire ainsi ma triste enfance
Recherchait ardemment la sauvage innocence ;
Mais dès que le soleil de ma jeune saison
Eut d'un jour plus brûlant enflammé l'horizon,
Il me fallut marcher dans ce désert du monde,
Où le cœur long-temps cherche un cœur qui lui réponde ;

Solitude vivante, où j'appelais en vain
Un être de qui l'œil pût lire dans mon sein.
Là, glacé du vain bruit dont l'éclat l'effarouche,
Mon cœur en liberté n'ose errer sur ma bouche;
Et sous un ciel nouveau malgré soi parvenu,
Craint d'y frapper les airs d'un langage inconnu.
Tel un nouvel enfant de la rive sauvage,
Qui du vieil univers a touché le rivage,
Timide, en nos cités marche inclinant les yeux,
Et fuit devant les flots d'un peuple curieux.

Mais de l'oubli du monde ai-je à pleurer l'injure?
Est-on seul avec Dieu, son âme et la nature?
Que les vides du cœur se comblent aisément
Lorsqu'on voit la nature avec des yeux d'amant!
Pour moi, c'est une sœur, une épouse, une amie,
Et c'est entre ses bras que j'ai jeté ma vie.
Et l'aurore et le soir m'apportent ses faveurs;
Je respire son souffle au doux parfum des fleurs;
Philomèle est sa voix, le feuillage sa lyre,
Le soleil son regard, et le ciel son sourire.
Te dirai-je la paix, le doux enchantement,
L'extase où je me plonge à son aspect charmant?

L'existence n'est plus un fardeau sur mon âme ;
Dans mes sens réveillés coule une douce flamme ;
J'ai du bonheur à vivre : épris d'un saint amour,
Je dévore le ciel, je bois les feux du jour.
Sous l'ombrage et l'azur, les fleurs et la lumière,
Mon âme te saisit, âme de la matière !
Je m'écrie, enivré d'une chaste douceur :
«Tu remplis seul, grand Dieu, les déserts de mon cœur!»

Juge par ce tableau de quelle âme attendrie
J'ai compris de Réné la vague rêverie,
Ses transports inquiets, son errante douleur,
Ses soupirs élancés vers un monde meilleur!

Attentif aux accens de la cloche rustique,
Le soir, près d'une source, au pied du saule antique,
Il repose, et de l'arbre effeuillant un rameau,
Jonche de ses débris le cristal du ruisseau.
Autour des saints remparts du pieux monastère
Je l'aperçois traînant son chagrin solitaire.
Vers la plage déserte, où gronde un ciel en feux,
Il marche souriant à l'abîme orageux.

Réné prêta l'oreille aux nocturnes cantiques
Que les échos sacrés des voûtes monastiques
Mêlent, dans la tempête, au bruit lointain des flots;
Mais son œil à travers les gothiques vitreaux
Voit briller sous la voûte une lueur tremblante,
Qui dans l'ombre trahit une vestale errante;
Et du haut d'un rocher, dans cette nuit d'horreur,
Aux éclats de la foudre, il reconnaît sa sœur!
Sa sœur, grands dieux! c'est elle; oui, c'est son Amélie;
Réné lui tend les bras; il l'appelle; il s'écrie:
« Ma sœur, faut-il qu'un Dieu t'enchaîne sous sa loi!
» Un faible mur s'élève entre ton frère et toi;
» Mais du vaste océan l'écumante barrière
» Nous désunirait moins que cette simple pierre;
» Et le rempart jaloux d'un temple hospitalier
» Oppose entre nos cœurs un monde tout entier!»
Il dit; et surchargé du poids de ses misères,
Réné fuit sans retour le soleil de ses pères,
Et dans la solitude implorant un tombeau,
Va mourir loin du ciel qui dora son berceau.

Pour moi, de sa patrie abandonnant les plages,
Je pars, et ton vaisseau, roi brillant des orages,

Embaumé de parfums et de fleurs couronné,
Fuit, d'un souffle divin vers la Grèce entraîné.
Du chantre d'Ilion je vois briller le temple :
Des honneurs du génie ô mémorable exemple !
Son nom dispute seul l'encens aux Immortels ;
Son souvenir est dieu ; sa lyre a des autels.
Mais quelle est cette vierge, à l'ombre du Portique !
Le laurier d'Apollon orne son front pudique ;
Ses voiles au zéphir flottent abandonnés ;
Et de son jeune aspect les autels sont ornés.

C'est toi, Cymodocée, ô vierge enchanteresse !
Toi, des sœurs du soleil jeune et chaste prêtresse !
Si du dieu de Claros le culte ingénieux
Enchaîna ton enfance à l'autel des faux dieux,
Dans leur temple bientôt tu suspendras ta lyre,
Et ton front va briller des gloires du martyre.
Déjà n'entends-tu pas s'échapper dans les airs
Des vierges de l'Eden les suaves concerts ?
Les harpes d'or au loin soupirent tes louanges ;
La joie est dans Sion ; et la Reine des anges,
Sur un nuage assise à la porte des cieux,
Sourit, et fait briller une palme à tes yeux.

Ainsi, ta muse, un jour, par la gloire bercée,
Dans un songe divin rêva Cymodocée,
Et de roses couvrant la tombe des martyrs,
Semblait, le luth en main, l'ange des souvenirs.
Ta main abandonnait les cordes de ta lyre
Au souffle harmonieux du funèbre zéphire,
Qui, berçant le sommeil d'un peuple de héros,
Courbait en soupirant l'herbe de leurs tombeaux.
Les Grecs ne vivaient plus que dans notre mémoire;
Leur éclatant soleil, seul, conservait sa gloire,
Flambeau qui de leur tombe éclairait mieux la nuit :
Tu cherchais une terre et de gloire et de bruit;
Et ton œil ne trouva dans un désert immense
Que le Temps occupé de détruire en silence.

Les remparts, que cherchaient tes regards attendris,
Se trahissent à peine à leurs propres débris.
Le vent du désert gronde où tonna Démosthènes;
Les ans, mieux que Xerxès, ont triomphé d'Athènes;
Tout entière elle dort sous le marbre glacé;
Ses héros ne sont plus; ses dieux même ont passé(1).

(1) Ces vers ont été composés en 1820.

Sa rivale a péri jusque dans ses ruines ;
Pas un débris fidèle à ses cendres divines !
Son nom seul est debout, et Sparte, ô jeux du sort !
N'a pas même laissé l'image de sa mort.

Rêveur, tu traversas ces champs où dort la gloire,
Où comme une ombre encor semble errer la victoire ;
Où la Grèce, riant du Perse audacieux,
Vit sous leurs flèches d'or pâlir l'astre des cieux,
Et fière de marcher sous un soleil plus sombre,
Osa s'enorgueillir de les combattre à l'ombre.
Quel souvenir habite au champ de Marathon !
Désert, il semble encor peuplé de son grand nom.
La cendre des héros, dormant sur le rivage,
Du peuple qui la foule accuse l'esclavage.

Que dis-je ? un peuple esclave, armé de ses malheurs,
Baigne ses fers de sang, et non plus de ses pleurs.
Ses vainqueurs, opprimant sa faiblesse servile,
L'ont brisé sous leur char comme un roseau fragile ;
Mais contre eux si la tombe à l'esclave ouvre un port,
Ce peuple y descendra digne au moins de la mort.

C'est dans son désespoir que son salut réside;
Car du glaive d'Othman la colère homicide
Aux vaincus n'a promis que la paix du trépas.
Le soleil de Memnon, témoin de leurs combats,
Prête encore une voix aux marbres funéraires;
Et les Grecs ont ouï les tombes de leurs pères.
Revivant pour mourir, le grand Léonidas,
Debout dans le cercueil, arme déjà son bras;
Et partout soulevant le marbre qui la presse,
La poussière se lève et redevient la Grèce.

De leur sang verra-t-on sortir la liberté?
Des fils de Soliman le règne est-il compté?
Ah! puisse le croissant, cet astre qu'ils implorent,
Pâlir sur le tombeau que leurs captifs adorent,
Ce tombeau que le Christ, vers les cieux élancé,
Du sein du trépas même a jadis traversé!
Le chrétien, étranger dans sa propre patrie,
Voit le Cédron couler sous le joug de l'impie;
Et toi-même naguère accusas leurs fureurs,
Alors que tu courbas ton front noyé de pleurs
Sous la voûte sacrée, en prodiges féconde,
Au pied du saint tombeau qui rachète le monde.

Voyageur soupirant aux rives du Cédron,
Tu t'assis et pleuras, l'œil tourné vers Sion;
Et du prophète-roi la harpe détendue
Au saule du torrent par David suspendue,
D'Israel sous tes doigts modulant les malheurs,
Egala de nouveau les soupirs aux douleurs.

Espérant qu'animés par le fracas des armes
Les Grecs à leurs tyrans vendraient bientôt leurs larmes,
Tu revins : d'un saint zèle, en ces lieux, dominé,
Ta voix ne manqua point au malheur couronné,
Et des trônes vengeant la grandeur offensée,
Tu relevas des rois l'image renversée.

Arrêté dans l'essor d'un vol ambitieux,
Quand l'aigle usurpateur tomba du haut des cieux,
A demi consumé de son propre tonnerre;
Lorsque, goûtant la paix qu'il rendait à la terre,
Un prince, fatigué d'errer dans l'univers,
Sur la couche des rois oublia ses revers;
Cet auguste exilé, dans les bras de la France,
Reposait sur la foi de ta mâle éloquence.

Ta parole, assurant le sceptre dans sa main,
Défendit mieux ses droits que cent foudres d'airain;
Et, soumettant les cœurs de la France alarmée,
Ton génie, à lui seul, valut toute une armée.

Du trône de Clovis éternel défenseur,
Ton zèle fatigua le temps et le malheur.
Du poignard assassin quand la vengeance obscure
Dans un Bourbon frappait une race future,
Et menaçant des rois qui ne respiraient pas,
Même, au sein du néant, préparait leur trépas;
C'est toi qui célébras la royale victime;
Tu peignis vers les cieux son départ magnanime;
Tu vengeas ses vertus de leur obscurité,
Et tiras du tombeau son immortalité.
Allumé dans tes mains, le flambeau de la gloire
Eclaire de sa mort l'héroïque mémoire.
Tel, dans l'ombre des nuits on voit l'astre du deuil
Blanchir, sous ses rayons, la pierre d'un cercueil.

Reine des factieux, la discorde alarmée
Déjà les voit pâlir devant ta renommée;

Leur bouche, en ses complots, te nomme avec effroi ;
Ton souvenir, contre eux, veille autour de ton roi.
Poursuis, et sous le poids de ta gloire croissante,
Fatiguant des pervers la fureur impuissante,
Vois d'un œil triomphant et le trône et l'autel
Gardés par le bruit seul de ton nom immortel (1) !

(1) Je me trouve heureux de publier ces vers composés sous
l'inspiration d'une époque où M. le vicomte de Chateaubriand
rendait d'innombrables services à la religion et à la monarchie.

NOTICE DES LIVRES DE FONDS

QUI SE TROUVENT

CHEZ ACHILLE DÉSAUGES, LIBRAIRE,

RUE JACOB, Nº 5, A PARIS.

Il se charge, sitôt la demande, de fournir toutes les Nouveautés, les Ouvrages par souscription, et de faire les Abonnémens aux Journaux.

On est prié d'affranchir les lettres et les envois d'argent.

Ouvrages nouvellement publiés.

HISTOIRE DE SAINT-LOUIS, roi de France, par sire de Joinville ; nouvelle édition collationnée sur les manuscrits de la bibliothèque du Roi, enrichie de notes historiques et d'un glossaire. 1 volume in-8°, imprimé sur papier vélin satiné. (Tiré à 500 exemplaires dans ce format.) 4 fr.
 La même édition in-12. 2 fr.

TOMBEAU DE MARCOS BOTZARIS; par Camille Paganel. 1 vol. in-8. (Se vend au profit des Grecs.) 3 fr.

RÉPERTOIRE UNIVERSEL, HISTORIQUE, BIOGRAPHIQUE DES FEMMES CÉLEBRES, MORTES OU VIVANTES qui se sont fait remarquer dans toutes les nations, par des vertus, du génie, des talens pour les sciences et pour les arts, par des actes de sensibilité, de courage, d'héroïsme, des malheurs, des erreurs, des galanteries, des vices, etc., depuis les temps les plus reculés jusqu'à nos jours; par une société de gens de lettres, auteurs du Dictionnaire universel. 6 vol. in-8°, publiés en 12 livraisons. Cinq livraisons sont en vente. 4 fr. 50 c.

HISTOIRE IMPARTIALE DES RÉVOLUTIONS DE FRANCE, depuis la mort de Louis XV ; contenant les causes et les motifs qui ont dirigé tous les partis et tous les chefs de factions, conspirations, insurrections, etc. ; avec des anecdotes secrètes sur la cour, le clergé, la noblesse, les parlemens, et sur les hommes d'État devenus célèbres par leurs vertus, leurs talens, leurs erreurs ou leurs crimes, sous les gouvernémens qui se sont succédé jusqu'à nos jours; par *L. Prud'homme père.* 12 vol. in-12. 42 fr.

LA CALÉDONIE, ou LA GUERRE NATIONALE, poème en douze chants, par Auguste Fabre. 1 vol. in-18, imprimé par Didot. 6 fr.

PENSÉES DU GÉNÉRAL FOY, membre de la chambre des députés, tirées de ses discours prononcés à la tribune législative, pendant les sessions de 1819, 1820, 1821, 1822, 1823, 1824 et 1825 ; précédés d'une notice sur la vie de ce général, du détail circonstancié des cérémonies qui ont eu lieu aux obsèques de ce grand capitaine, des discours prononcés sur sa tombe, du dithyrambe de M. Viennet, d'une

élégie de M. Alexandre Dumas, et des vers de mademoiselle Del
phine Gay. 1 vol. in-18, orné d'un portrait dessiné par Maurin.
1826. 3 fr.

**IDÉES DU GÉNIE, DE LA SENSIBILITÉ ET DE L'HÉROISME
DES FEMMES**, de la conduite des Maris, des Ecueils de la beauté
et des passions; avec des dissertations sur la physionomie, le carac-
tère des femmes, sur la conduite que doivent tenir les maris pru-
dens, sur le danger des passions, de la jalousie, de la colère, etc.;
contenant des faits historiques et des anecdotes curieuses sur l'infi-
délité des maris et des femmes; suivies des lois contre les adultères
chez les différentes nations depuis des siècles. 2 vol. in-12, ornés
de gravures, et imprimés sur papier vélin. 1826. 7 fr.

**LES SAISONS POUR L'ENFANCE ET LA PREMIÈRE JEU-
NESSE**, ou Dialogues amusans, moraux et instructifs entre une
mère et ses enfans; par madame la comtesse de Fauchecour, née
Grant. 1 vol. in-12. 1826. 2 fr. 50 c.

TRÉSOR DES DAMES, ou Choix de pensées, maximes et réflexions
extraites des ouvrages des femmes qui se sont fait un nom dans
le monde ou dans la littérature; par M. Hennequin. 1 vol in-32,
sur papier vélin, imprimé par Rignoux. Titre gravé. 1826. 3 fr.
50 c.

HISTOIRE DE HENRI-LE-GRAND, par Péréfixe; nouvelle édition
dédiée à S. A. R. le prince Henri, duc de Bordeaux. 1 vol.
in-12. Portrait. 1 fr. 50 c.

CORNÉLIE, nouvelle grecque, suivie de cinq autres nouvelles; par
Mᵐᵉ Sophie Douin. in-12. 3 fr. 50 c.

L'AMOUR, ses erreurs et ses peines, ou Six mois de correspondance
recueillis et publiés par M. J. R. 2 vol. in-12. 5 fr.

PETIT CODE de Morale, à l'usage de toutes les classes de la société,
ou Choix de pensées extraites de Zoroastre, Confucius, etc.
in-12. 60 c.

(On ne paie rien d'avance.)

RÉPERTOIRE POPULAIRE DU THÉATRE FRANÇAIS, publié
par pièces détachées, format in-32, imprimé sur beau papier par
H. Fournier et Decourchant, à 25, 50 et 50 centimes chaque pièce,
dont trente-quatre ont déjà été publiées.
On trouve chez le même libraire tous les ouvrages publiés format
in-32.

Sous presse :

ŒUVRES DE MACROBE, texte et traduction en regard; par
M. Théodore Lopard (de Lyonne).
Les Œuvres complètes formeront 5 vol. in-8; le Commentaire sur le
Songe de Scipion, qui est maintenant sous presse, paraîtra du 1ᵉʳ au 15
novembre prochain.
Les personnes qui souscriront pour les Œuvres ne paieront chaque
volume que 6 fr.
Chacun des traités se vend séparément 7 fr.

IMPRIMERIE DE DECOURCHANT.

www.ingramcontent.com/pod-product-compliance
Ingram Content Group UK Ltd.
Pitfield, Milton Keynes, MK11 3LW, UK
UKHW021026120726
13693UKWH00005B/2224